U0033500

天生

自然

Thian-sing
tsū-jiân

陳胤

生死掙扎的抵抗與爭辯

　　台灣，屬島國生態體系，自然樣貌，精彩繁複卻脆弱，現今環境日益破壞，許多物種面臨滅絕危機，即便是人自己，也因此深受其害。人，是大自然一份子，隨著文明遞演，卻都忘記自己身世而扮演起劊子手。

　　而語言，來自生活日常；詩，也是。試圖用淺白的台語文字，以台灣的自然風貌與動植物為題材，藉由書寫反省人與大自然之間的關係，進而尋覓彼此和諧相處之道，從自身生活與母土的叩連中構築詩的世界，情感與音韻的表現之外，嘗試提煉一些生命哲思。

　　再者，台語為農業社會的語言，藉由詩的書寫，探求自然生態的新語彙，與時代接軌，增加語言的未來性與壽命。詩作中，目前若無法以台語精確表記的物種，則先以官方或通用的中文名稱之，並以台語文言音（書面語）唸

讀，當成專有名詞處理。

本詩集，以台灣的自然生態為書寫範圍，關於動植物的選擇，則以特有或原生的物種為目標，凸顯台灣的特色與內在精神。

詩裡呈現的所有景物，皆以實地踏查的方式，或遠觀或近看，尋覓台灣自然生態的原貌，透過面對面的摩娑與感知，不憑空想像，找出適合每個描繪對象的詩句與心情——山川林木草花，以至各種生靈，背後都隱藏一個守護的神。因此，整個創作過程，也是一種自我追尋與修行。

本詩集，分成 5 輯，共 58 首。第一輯「山ê面容」：書寫台灣的山，不論高山名山，或普通的郊山，或登臨或遠望，以親身體驗觀想，造物者之奧妙神奇，每座山，都是自己的面容。第二輯「河海記持」：書寫台灣的河海水湖，每道水紋，皆是生命的痕跡，親臨俯視那映在水中的倒影，是難以抹滅的記憶，層層擴散。第三輯「樹身人影」：書寫台灣原生種木本植

物，每棵樹種個體都有根硬骨，像人的身影，頂天立地，手臂一伸便是張保護傘，庇蔭芸芸眾生與大地，孤高卻慈悲。第四輯「美麗草花」：書寫台灣原生種草本植物，柔軟卻強韌的身軀，在樹林底層，也有一片天，精彩芬芳，演繹著婀娜多姿的故事與綿延迷人風景。第五輯「可愛妖精」：書寫台灣原生種動物，島嶼多樣的生態，造就繁複的物種，這些可愛的自然精靈，每顆凝眸裡，都有人的眼神，也是神的指引。

　　本詩集的書寫策略，採漢羅混寫方式，以漢字為主，少量羅馬字為輔，且皆以教育部頒布的系統為準則。至於其比例，會考慮解讀的方便性與漢羅混雜的視覺美學。其中羅馬字雖少，但形體上一看即知為台語文，對照華文，辨識度高，如同日文樣貌，語文才能擁有獨立的性格。

　　台語書寫，近來用字原則漸漸走向標準化，也唯有此，才有存活的可能；這過程，也是一

種自然演化。只是目前鄙視本土母語的大環境下，幾乎可預料她漸漸走向凋零的終極命運；但其間，整個掙扎奮鬥、爭辯抵抗的意念與行動，就是一首波瀾壯闊的詩。是的！我繼續寫著詩，以詩匍匐前進。

家己開花家己嫷

　　講我無出國過，凡勢無啥人 beh 信。一个興迌迌 ê 人，食 kah beh 老矣，竟然無離開過台灣。以早上班 ê 時傷無閒，猶講會得過；這馬離職矣，變自由業，家己 ê 時間家己攕捵，哪 koh 毋出國去 lau-lau 行行 leh？

　　這，簡單 ê 代誌，我煞一時講 bē 清。橫直，就是機緣未到。

　　三冬前，我去辦我人生第一本護照，好運 koh 赴著頭批政策開放，用咱台語名去登記；提著正本了後，有影暢 kah 跳舞唱山歌，無疑悟，過兩三個月，中國病毒疫情就爆發——唉！咱才拄開始 teh 數想日本迷人 ê 景緻爾……

　　窮實，旅行我嘛無一定愛出國不可，親像我這款龜毛 ê 人，心理準備若無做周全，是 bē 為著出國去出國，食彼个名，對我來講無啥意義。旅行，和人生相仝，我是無 leh 拚業績，

嘛無 leh 收集地標景點，按怎 hōo 身體、心肝和靈魂歡喜四序，是上蓋重要 ê 代誌。

是講，有歲了後，對自然風土特別有感受。山海溪河、樹木草花、鳥隻蟲豸、石頭塗沙，甚至一陣風吹過面肉 ê 溫柔，定定 hōo 我感慨萬千、幸福無邊。咱知，這是一種性命 ê 回歸；眾生萬物，攏是家己 ê 化身。

咱島國，細罔細，自然生態 ê 面貌，豐富又 koh 精彩，和世界各國比並，是無 leh 落氣 ê 啊；是咱家己毋知，是咱總是私心 kā 蹧躂破壞。所致，趁猶未完全崩山進前，足濟所在，我攏想 beh 去行踏、四界看覓；對大自然，抑是對家己，就 kā 當做一種告別 ê 儀式。

Tī 這个過程，看會當替性命揣一寡新 ê 勇氣佮意義無？自我療傷以外，咱嘛想 beh 加一寡仔幸福 ê 滋味，來妝娗家己 ê 人生。

天生自然 ê，上好。愈原汁原味，我愈好喙斗；親像食食全款。哈！你知，這是有歲 ê 人 ê 症頭。誠自然，這款歲頭，就不時會越頭，

kā 嘻嘻嘩嘩 ê 世界撥開，去看家己 ê 來時路，去揣咱島嶼原來 ê 面目。這本詩集描寫 ê 對象，會設定咱台灣 ê 原生物種、地景，就是這个因端。

　　常在和朋友 teh 滾耍笑，講我毋但是台灣原生種，koh 是特有種，而且是強 beh 絕滅 ê 特有種，莫怪無啥人「發現」，屈 tī 深山林內 ê 我。人生短短，咱 bē 去窮分掛意，若按呢，就家己開花家己媠，kā 一世人 ê 芳味，慢慢仔還 hōo 晟養咱 ê 天地爸母。

　　孤僻罔孤僻，總是，有當時仔嘛會去搪著一兩片關愛 ê 目神；注心交會 ê 微微仔光，就有夠 hōo 咱含水過冬。一蕊花，就是一个圓滿世界，無論開 tī 佗位，性命攏全款有值。

　　定著有人 beh 問，今，疫情有較順序矣，是啥物時陣 beh 去日本摸飛、展一下有台語名 ê 護照 leh ？

　　哈！便看，無趕啦，順其自然就好。彼，無錯，一下躊躇，青春不再；毋過，咱台灣 ê

好山好水好景緻，煞 hōo 我比出國旅行 koh 較
要意。講龜毛貧惰歹聽，現此時，我敢若眞眞
正正變做一个天生自然 ê 人矣。

　　自揣著詩了後，有影！天生自然 ê，上好。

　　　　　　　　　　　　──陳胤 /2022/11/15

篇目

第三輯　樹身人影

第四輯　美麗草花

第一輯

山 ê 面容

三貂嶺

按呢，遠遠看
美麗景緻
迵心肝，遠遠
基隆嶼，知影

海，kā 溫柔
鋪做一領眠床
Hōo 戀夢生湠
咱島國，媠 kah

今仔日 ê 風
小可仔寒寒
我嘛是來遮
和你盤撋
徛 tī 上孤單 ê 所在
遠遠看

番仔澳、八斗仔、社寮島

攏 kā 手伸落海裡
畫一條，回鄉 ê 路
In 知，運命
不時會剾風落雨

日頭光，好心情
Tī 土地公伯仔頭殼頂
跳脫衣舞，這齣戲
我看百面搬 bē 煞

我 ê 目神
綴 leh 盤山過嶺
每一片樹葉仔搖動
攏是秋天 ê 祝福

記持，按呢
輕輕仔滴落來
變做時間 ê 跤跡

無影無蹤

聽候明年春天
花開 ê 時 koh 來遮
陪你，遠遠看
遠遠，有一段心事
凡勢仔未焦
基隆嶼
定著知影

註解:

三貂嶺:Sam-tiau-niá,海拔 523.5 公尺,位於新北市瑞芳區。
境內有三貂嶺古道,屬淡蘭古道系統,頂顯視野佳,可眺望
基隆嶼。1867 年清國台灣總兵劉明燈所題之「金字碑」,即
位於途中岩壁,故又稱金字碑古道。

番仔澳:Huan-á-ò,深澳。

八斗仔:Pat-táu-á,八斗子。

社寮島:Siā-liâu-tó,和平島。

迵:thàng,通往。
盤撋:puânn-nuá,交陪來往。
徛:khiā,站。
in:他們。
剾風:khau-hong,吹風。
焦:ta,乾。

——2020/10/26

海，kā 溫柔

鋪做一領眠床

Hōo 戀夢生湠

心悶，大肚山

Beh 暗仔 ê 目神，熱人
發出一葉心悶 ê 穎
思念，就按呢，恬靜飛過大肚山

有大肚溪 ê 腹腸，有大甲溪 ê 堅心
也有筏仔溪 ê 溫存，哪會做伙透濫
一種秋凊 ê 聲嗽……

一陣風吹來，有淡薄仔海 ê 鹹味
聽無妖嬌 ê 玫瑰花，美麗 ê 歌聲
彼个骨力用鋤頭寫詩 ê 老詩人
嘛毋知 koh 有 tī 厝無？
花園，若親像拋荒足久足久矣
毋過，故事猶原 tī 雜草裡綿爛生湠……

聽講，相思仔樹開始 koh-leh 相思矣
禿頭禿頭 ê 大肚山，tī 這陣黃酸仔雨裡
學彼支鋤頭澈底覺悟，一雙活靈靈 ê 目睭

總是愛臭彈，往過樹林 ê 草色花芳
彩光滿滿……啊，南風佮鳥仔
攏來替土地公種樹護土　顧山林
我嘛紮一首青春少年時 ê 詩，來唸歌
做伙走揣，一个興旺奢颺 ê 形影

暝，幔一領烏衫，慢慢仔
行落來山崙，山跤繁華 ê 街市，燈光閃爍
一尾一尾 ê 火蛇，tī 酸甜苦澀內面
四界趒……

一隻神神 ê 火金蛄，雄雄一越頭
煞看著舊年，hōo 無名火燒 kah 賭一支硬骨
彼欉有氣魄 ê 相思仔樹，伊
當麗 leh 月娘溫暖 ê 胸坎仔，獨相思

思念，就按呢，輕輕仔
飛入去阮心肝

註解：

大肚山：Tuā-tōo-suann，位於大肚溪與大甲溪之間，地理學上稱之為大肚台地，最高海拔 310 公尺。幾近全面開發，原生森林消失殆盡。昔日平埔族原住民在此建立大肚王國，因而得名；文學家楊逵亦曾在此經營東海花園，名譟一時。

熱人：juah--lâng，夏天。
發穎：puh-ínn，發芽。
透濫：thàu-lām，摻雜。
秋凊：tshiu-tshìn，涼爽。
綿爛：mî-nuā，堅持。
黃酸仔雨： n̂g-sng-á-hōo，梅雨。
紮：tsah，攜帶。
奢颺：tshia-iānn，大派頭。
幔：mua，披。
趖：sô，爬行。
神神：sîn-sîn，發愣。
煞：suah，竟然。
鬶：thenn，躺。

——2018/6/27/ 台中文學獎

聽無妖嬌 ê 玫瑰花,美麗 ê 歌聲
彼个骨力用鋤頭寫詩 ê 老詩人
嘛毋知 koh 有 tī 厝無?

火炎山

透世人
毋捌看過山
歹這款形 ê

喙，吐火
目睭，吐火
耳空，吐火
鼻空，嘛吐火
規身軀
攏 teh 衝煙

我毋甘 kā 責備
因為今仔
行過伊心肝
才知
伊頂世人 ê 故事
偌苦楚

一條無情 ê 溪
用時間，做刀
慢慢仔 kā 凌治、蹧躂
對靈魂，匀匀仔
kā liô，kā 刣，kā 割
kā 切過
才變做這款
驚人 ê 面腔

你莫 kā 我講彼號
唐三藏取經遐 ê 五四三
咱島嶼
本底就無妖魔鬼怪
是你 ê 心，傷空虛
才會 hōo 人逼出原形

窮實，彼條溪
嘛毋是正經無情

伊是不忍心，看山
永遠冷冷冇冇

咱知
赤焱焱 ê 火子
才會當煉出
真正 ê 溫柔
佮勇氣

冰河，行過咱 ê 記持
千萬年矣
我，才拄行過火炎山
淡薄仔見笑

總是
kā 一葩一葩 ê 熱情
點 hōo 著
這个，沉重 ê 世間

凡勢仔
會較輕可

註解：

火炎山：Hué-iām-suann，海拔 602 公尺，位於苗栗三義與
苑裡交界，大安溪北側，台灣三大惡地之一。有馬尾松天然
林相，1986 年成立自然保留區。

毋捌：m̄ bat，不曾。
喙：tshuì，嘴。
衝煙：tshìng-ian，冒煙。
今仔：tann-á，剛剛。
凌治：lîng-tī，凌遲。
liô：用刀切割薄片。
彼號：hit-lō，那個。
窮實：kîng-sit，其實。
有：tīng，硬。
記持：kì-tî，記憶。
拄：tú，剛剛。
點 hōo 著：tiám hōo tóh，點燃。

———2020/11/21

Kā 一葩一葩 ê 熱情

點 hōo 著

這个，沉重 ê 世間

玉山，相相

我一直 kā 相
一直 kā 相，看 kah 伊
煞起歹勢
用雲 kā 面遮 leh

性命，這款溫度
bē 傷寒 bē 傷熱
拄拄仔好

秋天，嘛毋知過去矣未？
今仔，無啥日頭
山 ê 色水，免透濫
就是一幅
天然有味 ê 圖

上蒼，有千萬種化身
記持，煞小可仔揣無路
我烏濁 ê 心

若像愛 koh 醫治一遍
才會透悟……

我繼續 kā 相
kā 相，雲嘛未開
知知 leh，伊內底
定著睨一段
我礙虐 ê
青春少年時

註解：

玉山（Mt. Morrison）：Gio̍k-san，3,952 公尺，台灣第一高峰。
日本時代稱之為新高山；亦為布農族與鄒族的聖山。

相相：sio-siòng，相看。
kā 相：kā siòng，注視它。
bē：不。
拄拄仔好：tú-tú-á-hó，剛好。
今仔：tann-á，剛剛。
透濫：thàu-lām，摻雜。
揣：tshuē，尋找。
覕：bih，躲藏。
礙虐：ngāi-gio̍h，尷尬。

——2019/11/5

秋天，嘛毋知過去矣未？

今仔，無啥日頭

山 ê 色水，免透濫

合歡東峰，遠遠看

Kā 人縮勼，koh 縮勼
若一隻狗蟻
徛 tī 山 ê 肩胛頭

Kā 目睭放大，koh 放大
摸做一條，無邊 ê 地平線
愣愣仔相，恬恬仔看

目屎，向北
流做立霧溪，向西
流做合歡溪大甲溪
啊，盡所有 ê 氣力，向南
成做咱島嶼
上溫柔 ê 母親河……

恬恬仔流，愣愣仔看
山，一沿一沿 ê 包容
佮疼痛，親像頂世人

老母，腹肚底 ê 溫暖

我，勻勻仔
kā 身軀放 hōo 輕，koh 放 hōo 輕
輕 kah 賰一聲，無煩無惱
永遠 ê 心跳聲

啊！咱美麗 ê 田園
美麗 ê 國家……

註解：

合歡東峰：Hap-huann-tang-hong，海拔 3,421 公尺，百岳之一。
向南可遠眺奇萊北峰，為濁水溪北源。

勻：kiu，縮小。
徛：khiā，站立。
搝：giú，拉。
相：siòng，注目。
賰：tshun，剩下。

——2018/10/30

Kā 身軀放 hōo 輕，koh 放 hōo 輕

輕 kah 賰一聲，無煩無惱

永遠 ê 心跳聲

武界山

山，蹛 tī 雲 ê 故鄉
啊雲，蹛 tī 佗？

我蹛 tī 山 ê 故鄉
啊你，蹛 tī 佗？

故鄉
是失去你 ê 時陣
ê 家鄉

啊你，定定 teh 憢疑
有厝 ê 所在
敢百面是家鄉？

無人佮濁水溪跳舞矣
嘛無人
用美麗 ê 杜鵑花
織編，天神 ê 婿衫

你以早，掛 tī 吊橋跤
盪盪幌 ê 母語
已經叫 bē 出
祖先 ê 名

欠數定著愛還
愛情 ê 冤仇
記 tī 山壁頂
我彼支生銇 ê 番刀
不時都想 beh 出草

是愛情 ê 頭
抑是
冤仇 ê 頭？

曆若蹛久
家鄉煞變故鄉

彼坵田園拋荒了後
故鄉 koh 變他鄉
因為，遮
已經無你 ê 跤跡

他鄉漂浪 ê 你
敢知
我甘願變做一蕊雲
綴你去漂浪
按呢，你 ê 夢想
敢嘛會變做我 ê 夢想？

溪水，猶原 teh 流
我用最後一滴目屎
tī 天頂
上稀微 ê 所在
畫一條，愛 ê 界線

啊你

敢 beh 倒轉來……

註解：

武界山：Bú-kài-suann，海拔 1,500 公尺，位於南投縣仁愛鄉，近山頂林緣，有台灣杜鵑（特有種）純林。有步道通往橫屏山。武界（Vogai），昔日泰雅族與布農族人傳統領域交界地，常發生衝突，日治時期，政府出面調停，在此劃定武力界線，因而得名。戰後，國府時期，改名法治村。布農族分布最北之部落。地形因素，常雲霧繚繞，號稱「雲的故鄉」。

蹛：tuà，住。
憢疑：giâu-gî，懷疑。
百面：pah-bīn，必定。
媠：suí，漂亮。
幌：hàinn，晃動。
欠數：khiàm-siàu，欠帳。
生銑：senn-sian，生鏽。
拋荒：pha-hng，荒蕪。
綴：tuè，跟隨。

——2020/10/18

欠數定著愛還

愛情 ê 冤仇

記 tī 山壁頂

梨山，beh 暗仔

大甲溪 ê 溪水
tī 遠遠 ê 所在，teh 流
一山盤過一山
一嶺行過一嶺
記持，薄薄仔
毋過，誠疼

果子青菜 ê 清芳裡
有啥人知，內面
含一粒山，鹹鹹 ê 目屎

黃昏矣
霧霧，慢慢仔罩過來
阮心肝頭
最後一片原生樹林
定著向望，淡薄仔日頭光
你知，我知

山ê彼爿，春天
無蓋遠

梨山（Slamaw）：Lê-san，海拔約 2,000 公尺，位於台中市和平區，原為泰雅族部落。二次戰後，參與中橫開發的「榮民」，被安置在此農墾，種植高冷蔬菜與水果，而後加上發展觀光業，山林破壞殆盡，僅剩希利克（Siliq）步道旁小片天然林。

含：kâm，含著。
雺霧：bông-bū，霧氣。
向望：ǹg-bāng，希望。

——2018/11/4

一嶺行過一嶺
記持，薄薄仔
毋過，誠疼

塔塔加 ê 雲佮霧

雲，勻勻仔
行過，勇壯 ê 山
變做霧；霧
輕輕仔，罩落來
koh 變轉來雲

揣一个
永遠不變 ê 姿態
hōo 純淨 ê 歡喜
溜落來

雨，連鞭大
連鞭細
若親像我 ê 形影
毋知 beh 愛啥人
較好勢？

雲杉、鐵衫、二葉松

抑是彼欉
孤單 ê
野百合花

遮，有火燒 ê 身世
千百公頃 ê 苦楚
攏化做咱島嶼
美麗 ê 前途

頭前
是心愛 ê 玉山
伊 kā 雙手伸落來
hōo 阮心事
一層一層，peh 起 lih

遐，有布農 ê 魂魄
嘛有鄒族 ê 愛戀
透濫，生淡

一片曠闊
興旺 ê 箭竹

我 kā 我上利 ê 情意
射出去
啊！敬愛 ê 天神
心臟，煞中箭

落大雨矣
雲佮霧，攏齊散

一片清明
沓沓滴滴
鋪 tī 阮
一重一重 ê
跤跡

註解：

塔塔加（Tataka）：Thah-thah-ka，海拔 2,610 公尺，鄒族（Cou/Tsô-tsȯk）語，寬闊草原之意。鄒族與布農（Bunun/Pòo-lông）原住民的傳統領域。1963 年森林大火，連燒 14 日；設立玉山國家公園後，1993 年又大火，焚毀 300 公頃森林。災後，雲杉、鐵杉、台灣二葉松，成為此地之優勢植物，以幾近純林樣貌重生。

台灣二葉松（*Pinus taiwanensis*）：Tâi-uân-jī-hiȯh-siông，台灣特有種。兩針一束，分布 700~3,200 公尺地區。

玉山箭竹（*Yushania niitakayamensis*）：Giȯk-suann-tsìnn-tik，台灣原生種，高山火燒後的先驅植物。

罩：tà，籠罩。
揣：tshuē，尋找。
連鞭：liâm-mi，不久。
peh：攀爬。
透濫：thàu-lām，摻雜。
生湠：senn-thuànn，繁衍。
齊：tsiâu，都。
沓沓滴滴：tȧp-tȧp-tih-tih，瑣碎、雨聲。

——2020/8/23

千百公頃ê苦楚

攏化做咱島嶼

美麗ê前途

聖稜線

神聖 ê 天際線啊！
此時此刻
我 kan-na 有才調
用欣羨做目睭，按呢
金金看

目神，愣愣 ê 時
凡勢嘛是幸福 ê 模樣
離神上近 ê 所在
定著有一款情愛
歇 tī 靈魂 ê 翼股
飄搖，無掛礙

神聖 ê 天際線啊！
Kan-na 按呢，遠遠看
阮，心滿意足
千萬年前，遐
定著有一蕊雲

teh 想我
今，走去佗？

因緣，hōo 風吹散
彼板，用雪做 ê 橋
敢 koh 有一兩个仔
薄薄 ê 跤跡？

神聖 ê 天際線啊！
世間 ê 哀愁，佮淒涼
當時才有法度
hōo 你軟心，牽挽
對火坑苦池內
解脫出來

是按怎
我定定看著祖靈
目睭裡，彼座彩虹

tī 失眠 ê 暗暝，閃爍
總是，有幾粒仔天星
teh kā 我攏手、招呼

啊！神聖 ê 天際線啊
Tī 悲傷
佮喜樂交插 ê 所在
有一滴目屎
恬恬，落落來……

註解：

聖稜線：Sìng-lîng-suànn，大壩尖山（3,492M）到雪山（3,886M）間的連峰山稜。源於日人沼井鐵太郎 1928 年發表之登山感懷：「這神聖的稜線啊！誰能真正完成大霸尖山至雪山的縱走，戴上勝利的榮冠，敘說首次完成縱走的真與美？」積雪時遠觀，美到令人落淚。

---

kan-na：只。
愣：gāng，發呆。
翼股：sit-kóo，翅膀。
今：tann，此時。
佗：tuah/tah/toh，哪裡。
挽：bán，牽。
撥：iàt，揮動。
交插：kau-tshap，交界。

——2020/12/22

目睭裡，彼座彩虹
tī 失眠 ê 暗暝，閃爍
總是，有幾粒仔天星

鳳凰山

〈寫字〉

無疑悟
雺霧，kā 山這字
寫 kah 遮媠

害我
手摺簿仔
連這頁
都掀 bē 過

規氣，目睭
綴彼欉大杉仔樹
peh 起 lih 天頂

啊！遐
竟然
嘛雺霧一片

〈雺霧〉

Kā 目睭瞇起來
Kā 心拍開
窗內，窗外
白色 ê 世界
定著有故事 teh 搬徙
只是，恬靜無聲
盤山，過嶺

Kā 目睭擘金
Kā 憂愁關起來
秋天，山裡
迷人 ê 景緻
原來，是你
是你
往過愛我 ê 形影

註解：

鳳凰山：Hōng-hông-suann，海拔 1,696 公尺，位於南投縣鹿谷鄉。爲台大實驗林地。西南處，設有溪頭森林遊樂區。

___

雺霧：bông-bū，霧。
綴：tuè，跟隨。
peh：攀爬。
瞇：mi，閉合。
徙：suá，移動。
擘：peh，打開。

——2019/10/31

定著有故事 teh 搬徙

只是，恬靜無聲

盤山，過嶺

獨立山獨立

孤身一个人
孤身行路,孤身思考
親像樹仔
風吹,就輕輕仔搖

徛 tī 半山腰
聽毛毛仔雨,teh 講古
故事走到鬧熱精彩 ê 所在
煞變大雨

雨幔裡
汗,是活活滴
無歡喜無驚惶嘛無傷悲
平靜自在 ê 中晝時

孤身一个人
tī 山裡
日頭早就拍毋見

頭殼放 hōo 自然
想著啥物，就是啥物
悲歡愛恨，管待伊

雷公，遠遠，勻勻仔 teh 霆
雨聲，風聲，吱蟬 ê 叫聲
攏變做一港
無煩無惱 ê 水流聲

親像樹仔，根在在
身軀輕輕仔 teh 搖……

註解：

獨立山：Tȯk-lip-suann，海拔 840 公尺，位於嘉義縣竹崎鄉。
阿里山森鐵，在此以三次螺旋方式環繞攀升，形成獨特景觀。
縣內群山綿延，唯有獨立山孤身而立，故得名。

徛：khiā，站立。
雨幔：hōo-mua，雨衣。
洘洘滴：tshȧp-tshȧp-tih，水滴落的樣子。
中晝時：tiong-tàu-sî，中午。
拍毋見：phah-m̄-kìnn，遺失。
霆：tân，鳴響。
吱蟬：ki-iâm/siân，蟬。

——2019/8/1

頭殼放 hōo 自然
想著啥物，就是啥物
悲歡愛恨，管待伊

麟趾山 ê 雲海

是雲，變做海
抑是海，變做雲
性命 ê 情景
常在
hōo 人捎攏無

這粒山，目箍
是含偌濟哀愁？
這欉樹仔
燒 kah 賰一支白骨了後
敢 koh 會寒？
落 tī 今年秋天
無人認領 ê
又 koh 是啥人 ê 心肝？

我 ê 目神
恬恬變做一隻船
駛去海中央

Kā 過往 ê 青春夢
勻勻仔撈起來
等老
好配茶破豆……

終其尾
目油
嘛是津落來矣
啊！咱島嶼
有影
媠 kah 無臭無瀺

這時，一片覺悟
tī 面皮閃爍
原來雲就是海
海就是雲
性命，總是
毋捌 teh 窮分，親像

慈悲 ê 日頭光

雲海，茫茫
咱家己
就是家己 ê 靠岸
免倚別人

有一工
我若是
自在倒 tī 遐
你敢 beh 來揣我？

註解：

麟趾山：Lîn-tsí-suann，海拔 2,854 公尺，原名大竹山，塔塔加六山之一，可眺望阿里山山脈與玉山群峰。

捎：sa，抓。
目箍：bȧk-khoo，眼眶。
賰：tshun，剩下。
恬：tiām，靜。
撈：hôo，撈。
破豆：phò-tāu，聊天。
津：tin，滴落。
無臭無瘔：bô-tshàu-bô-siâu，意指非常離譜。
毋捌：m̄-bat，不曾。
窮分：khîng-hun，計較。
揣：tshuē，找尋。

——2020/11/5

落 tī 今年秋天

無人認領 ê

又 koh 是啥人 ê 心肝？

第二輯

河海記持

大甲溪 ê 美麗佮哀愁

是講，一條溪河
一世人攏總有偌濟哀愁？
啊！溫柔 ê 目屎
對南湖大山匀匀仔流落來
一百二十四公里長 ê 心意，灌沃
千千萬萬 ê 性命佮靈魂

一尾瘦卑巴 ê 魚仔
用伊薄薄 ê 翼，順勢綴水流
學佛祖千年前了悟 ê 目神
kā 腹腸掌開，包山包海，包天包地
甚至連人上糞埽彼粒心
嘛 hōo 伊慈悲 ê 疼惜

是講，一條溪河
一世人攏總有偌濟目屎？
南湖溪、合歡溪、七家灣溪
溪水透濫做泰雅族豐沛美麗 ê 記持

tī 胸坎仔內滾絞、滾絞……

無錯！我就是彼尾魚
腰身一蕊一蕊櫻花 ê 印記
愈來愈陪，愈來愈霧
霧 kah 記 bē 牢祖先 ê 面腔，佮色水
歪膏揤斜 ê 喙，嘛已經無彩虹 ê 形矣
無才調 koh 畫出千千萬萬年前
彼蕊自在行過冰河 ê 笑容……

是講，彼條溪河
對頭到尾，數十座奢颺 ê 水壩
hōo 阮流落大海 ê 目屎
beh 翻頭煞揣無轉厝 ê 路，哀傷
仙跳都跳 bē 過……

註解：

大甲溪：Tāi-kah-khe，主流124.2公里長，流域大都在台中市，主支流南湖溪發源南湖大山，另兩條重要支流，合歡溪與七家灣溪。冰河時期遺留的國寶魚——櫻花鉤吻鮭，生活在七家灣溪，失去回游能力，成了「陸封型」魚類。

泰雅族（Atayal）：Thài-ngá，台灣第三大、分布最廣的原住民族，有紋面和出草的習俗。

沃：ak，澆灌。
翼：sit，翅膀。
綴：tuè，跟隨。
搒：thènn，撐開。
糞埽：pùn-sò，垃圾。
豐沛：phong-phài，豐富。
殕：phú，灰濛。
歪膏揤斜：uai-ko-tshih-tshuàh，歪七扭八。
奢颺：tshia-iānn，愛出風頭。

——2019/7/20

一尾瘦卑巴 ê 魚仔
用伊薄薄 ê 翼，順勢綴水流
學佛祖千年前了悟 ê 目神

大安溪

山 ê 目睭裡
上長 ê 暗暝
終其尾
天光矣

風，輕輕仔 teh 吹
我 kā 想你 ê 眠夢
摸做一條
長長 ê 溪河
Hōo 媌媌 ê 相思
貼印 tī 心肝窟仔

日頭，若像
有彩虹 ê 光
痴迷，到今
猶原是
一座進退兩難 ê 吊橋
有歲矣，皺痕

對這岸，牽到彼岸
提心吊膽

我 teh 走揣，昨暝
你目墘 ê 落雪
記持，敢猶有 tī-leh
山 ê 天際線？

是按怎
煞雄雄 koh 想起
泰雅 ê 故事
古早 ê 傳說
tī 水底 teh 掣流

聽講，這
是查埔人 ê 魂魄
恬靜，kā 血汗
鋪做性命 ê 田園

有時
嘛愛和無情 ê 命運
捙拚，勇氣
佮操煩
做伙 teh 滾絞

一條美麗 ê 溪河
是 beh 流去佗？

天狗、梅園、
大安、永安、
象鼻、士林……衆部落
攏用生銑 ê 母語
teh 問：
天神目箍 ê 霜雪
敢溶去矣？

我 kā 想你 ê 形影

偷偷仔

貼印 tī 遐

一條滄桑 ê 溪河

攑一支

刺面 ê 番刀

Tī 山 ê 目睭裡

金金看

註解：

大安溪：Tāi-an-khe，源於大壩尖山，主流長95.76公里，流域分布台中與苗栗境內，爲南北氣候分界。泰雅傳說中的男人河。

泰雅（Atayal）：Thài-ngá，台灣第三大、分布最廣的原住民族，有紋面和出草的習俗。

天狗、梅園、大安、永安、象鼻、士林：大安溪岸北勢群泰雅部落。

摸：giú，拉。
彩虹：tshái-khīng，彩虹。
皺痕：jiâu-hûn，皺紋。
走揣：tsáu-tshuē，尋找。
目墘：ba̍k-kînn，眼眶。
記持：kì-tî，記憶。
掣流：tshuah-lâu，急流。
捙拚：tshia-piànn，拚命。
佗：tuah/tah/toh，哪裡。
攑：gia̍h，舉。
刺面：tshiah-bīn，紋面。

——2020/12/22

我 teh 走揣，昨暝
你目堵 ê 落雪
記持，敢猶有 tī-leh

太平洋

Gâu 早！日頭光
太平洋 ê 母語是啥？
Amis、Puyuma、Payuan……
抑是，詩
我想規工，無暝無日
目睭，hōo 海風
搧 kah 冷吱吱
一字 ê 溫存，都無

有時，跤跡
tī 沙埔
罕罕行出一逝憂悶
煞隨 hōo 海湧拭去
啊我
毋知 teh 暢啥物？

Gâu 早！日頭光
其實無早矣

我 ê 詩
hōo 人延延足久矣
昨昏，tī 台東街
猶 leh 霎霎仔雨
今仔日烏雲
綴來到大武庄
好佳哉，頭殼頂
koh 有淡薄仔日頭光

彼，敢是天神 ê 目睭？

海，遮爾開闊
用規世人 ê 溫柔
補紩咱島嶼 ê 傷痕
佮記持
海湧，一重一重
淹過我 ê 目墘
害我一時

煞毋知家己
是啥人？

是講，阮 ê 母語
敢嘛是詩？

Gâu 早！日頭光
雖罔，拍殕仔光
山，teh 頕頭
樹仔，逐欉
都向西南 片，頭敲敲
這，是落山風
teh 使性地，咱知
定著愛學太平洋
kā 所有 ê 阻礙
佮情愛，攏總開做
一蕊一蕊 ê 花
Hōo 後世人，跟綴

嘿，有芳就著

Gâu 早！

太平洋……

註解：

太平洋（Mare Pacificum）：Thài-phîng-iûnn，地球最大的海洋，比陸地總面積還大。台灣位於西太平洋，島國。

大武庄：即台東縣大武鄉，排灣族人居地，台灣東西交通的孔道。

Amis：A-bí-sù，阿美族。

Puyuma：Phóo-iu-má，卑南族。

Payuan：Pâi-uan，排灣族。

---

gâu 早：早安。
迣：tsuā，行、列。
拭：tshit，擦。
暢：thiòng，興奮。
延延：iân-tshiân，延遲、耽擱。
霎霎仔雨：sap-sap-á-hōo，毛毛雨。
綴：tuè，跟隨。
紩：thīnn，縫補。
目睭：ba̍k-kînn，眼眶。
拍殕仔光：phah-phú-á-kng，天剛亮的朦朧光線。
頕頭：tìm-thâu，點頭。
爿：pîng，邊。
敧：khi，傾斜。
使性地：sái-sìng-tē，耍脾氣。
嘿：hennh，是的。

——2020/12/4

海，遮爾開闊
用規世人 ê 溫柔
補紩咱島嶼 ê 傷痕

日月潭散步

白色 ê 雲
kā 熱天 ê 面
妝 kah 嬌噹噹
加少年幾若歲

我，煦入去樹林
用跤釘根，慢慢
嘛變做一欉樹仔
目神有光

無人要意，昨暝
樹頂彼粒天星
是毋是猶原
有我 ê 孤單

規片重重疊疊
澹澹 ê 落葉
也無法度安搭

咱島嶼
千萬年 ê 心跳
佮歌聲

往過，一隻白鹿仔
kā 日頭佮月娘
逐 kah 走投無路，目屎崩山
流做兩窟水湖

美麗 ê 故事
就按呢
一直生湠

我知影
昨暝，摔大雨
山 ê 記持，嘛是山
吱蟬 ê 聲
綴 leh 走出來矣

憂悶 ê 心情

一時 hōo 風拍散

成做天頂 ê 白雲

親像我

輕鬆 ê 青春，溫馴……

註解：

日月潭（Zintun）：Jit-gua̍t-thâm，常態表面積 7.93 平方公里，海拔約 736 公尺，位於南投縣魚池鄉。半天然淡水湖泊，爲邵族傳統領域，流傳逐鹿美麗傳說。日治時期引入濁水溪河水，兼具發電功能。目前以此爲中心設立國家風景區，亦爲熱門景點。

覕：bih，躲藏。

澹：tâm，溼潤。

生湠：senn-thuànn，繁衍。

摔大雨：siàng-tuā-hōo，下大雨。

吱蟬：ki-iâm/siân，蟬。

——2020/5/25

往過，一隻白鹿仔

kā 日頭佮月娘

逐 kah 走投無路，目屎崩山

台江內海

一下神神
Tī 水面浮動
一段茫茫渺渺 ê 歷史
teh kā 我撨手

我化做一隻船
恬靜駛過去
煞走入去，一塊變調
走味 ê 情歌

我學春天 ê 目睭
寫一首詩
鋪做長長 ê 海岸
走揣，往過
飄失 ê 跤跡

友志，佮愛人仔
攏毋知走去佗位矣

賭一節必叉 ê 旋律
倒 tī 遮，曝乾

地球 teh 轉踅
大海，變沙埔
我 ê 憂愁
早就拋荒去矣
淡做，一片防風林

一寡仔，揣無路 ê 樂音
覕 tī 樹仔跤，偷看
季節，搬徙

註解：

台江內海：Tâi-kang-lāi-hái，此地原爲汪洋潟湖，昔日台灣移民重要出入門户，大航海時代，成爲荷蘭等各國在東亞貿易的基地。而後漸漸淤積，不利航行，居民作爲養殖場經營。2009 年設立國家公園。

神神：sîn-sîn，發呆。
擛：iát，招手。
走揣：tsáu-tshuē，尋找。
賰：tshun，剩下。
必叉：pit-tshe，分岔。
曝乾：phak-kuann，曬成乾。
轉踅：tńg-sėh，轉動。
拋荒：pha-hng，荒蕪。
覕：bih，躲藏。
搬徙：puann-suá，移動。

——2021/4/21

我學春天 ê 目睭

寫一首詩

鋪做長長 ê 海岸

宜蘭河，tsìn 迷人

無錯！就是這个角度
我頂回孵卵 ê 所在
賰 ê 眠夢
小可 kā 歇一下風
就迴去太平洋
變做曠闊 ê 海

有影，tsìn 婿！
這款妖嬌 ê 身材
kan-na 穿一領貓霧仔光 ê 衫
又 koh 澹澹溼溼
伊講，這是寒人 ê 透早

水面，有七八隻水鴨
喙仔花花
用尾雕一直寫詩
你知，伊是咱知己
性命有伊

毋知憂愁號做啥物

有影，tsìn 迷人！
我看 kah 目睭，沙微沙微
記持，恬靜 teh 流
食飽趁 gâu 早
我嘛來寫詩
孵看有卵無？

無錯！
毛毛仔雨 ê 宜蘭
嘛婿 kah

Tsìn 臭屁……

註解：

宜蘭河：Gî-lân-hô，長約 25 公里，位於宜蘭縣。蘭陽溪支流，貫穿宜蘭市與壯圍鄉。市區，有美麗的河濱公園。

---

tsìn：真，很、非常，宜蘭腔。
歕：pûn，吹。
迵：thàng，通往。
kan-na：只。
貓霧仔光：bâ-bū-á-kng，天剛亮的晨光。
澹：tâm，溼潤。
尾雕：bué-tsui，尾巴。

──2019/11/18

水面，有七八隻水鴨
喙仔花花
用尾脽一直寫詩

金瓜寮溪 ê 歌聲

你偌久
無聽著溪水 teh 唱歌?

一時,無人敢應聲
魚仔,一尾一尾
悠哉悠哉,泅過
竟然,嘛綴 leh 唱歌⋯⋯

一隻老鷹
掰開密實 ê 樹椏
恬恬,tī 天頂踅圓箍仔
伊若 teh 問我
你偌久
無聽著魚仔 ê 歌聲?

我無才調回答
只好,嘛綴 leh 唱歌

神神 ê 時

煞生出兩支透明 ê 翼股

換我 teh 問

啥人 beh 佮我飛上天

變做，媌媌雲影……

註解：

金瓜寮溪：Kim-kue-liâu-khe，位於新北市坪林區，屬北勢溪
支流。設有魚蕨步道，生態豐富。

泅：siû，游水。
密實：bát-tsát，濃密。
踅圓箍仔：sêh-înn-khoo-á，繞圈。
神神：sîn-sîn，發呆。
beh：想。

——2019/9/9

一時，無人敢應聲
魚仔，一尾一尾
悠哉悠哉，泅過

桃米坑溪 ê 春尾

今仔日,溪水 ê 溫柔
拄好,hōo 一尾魚仔
bē 記得
頂世人 ê 哀愁

彼板竹仔橋
敢若,teh 唱歌
歌聲,綴風
吹去你窗仔前,飄搖

毋過,你是 tī 佗?

彼年,傷心 ê 島嶼
地牛翻身
肝腸寸斷 ê 心事
無論按怎敆,也敆 bē 齊勻
你 ê 面容……

有一工，我 ê 勇氣
若無才調接載夢想 ê 時
定著嘛會溫柔倒落來
變做一條溪
綴你去天邊海角

啊你，敢 koh 會記得
往過，山 ê 哀愁……

註解：

桃米坑溪：Thô-bí-khenn-khe，位於南投縣魚池、埔里境內，屬南港溪水系支流。桃米坑，舊稱「擔米坑」（Tann-bí-khenn）。魚池鄉大雁村澀水社區，921 大地震受損嚴重，而後村民同心協力沿桃米坑溪打造一條低人工建物的森林步道，加上民宿與紅茶產業的發展，成功形塑特色農村的樣貌。

___

拄好：tú-hó，剛好。
敢若：kánn-ná，好像。
綴：tuè，跟隨。
佗：tuah/tah/toh，哪裡。
敆：kap，拼湊。
接載：tsih-tsài，支撐。

——2020/5/8

定著嘛會溫柔倒落來

變做一條溪

綴你去天邊海角

基隆河

透早
貓霧仔光 ê 秋風
一時
煞揣無啥物字詞
來呵咾這條溪
天生自然 ê 婿
恬恬，tī 目睭底

伊對山彼頭行來
Koh 對山這頭行去
從今以後，伊就是山
山就是伊，因為
性命，是一塊鏡

我佮意，這款
beh 光未光 ê 山崙
親像愛情
跋落雺霧裡

小可仔心悶
koh 有幸福，洶洶 ê 味

綴伊迷人 ê 目墭
沿路唸歌寫詩
一寡仔記持
不如意
嘛是 hōo 風吹來

彼，是一跤雞籠
抑是阮心窗？

溪邊 ê 倚家
若像
沓沓仔 teh 精神矣
秋天 ê 色水
嘛慢慢仔
peh 起 lih 厝壁頂

有影，寂寞閉思 ê 山城
有時嘛著愛人褒
才 bē 去穢著
銅錢仔羶
彼款臭臊

匀匀仔行
跤步，一下躊躇
煞鼻著以早
炭空 ê 操勞
佮苦楚
烏趖趖 ê 目神
猶原有美麗 ê 光線
雖罔有時
會落霎霎仔雨……

註解：

基隆河：Ke-lâng-hô，長 86.4 公里，淡水河三大支流之一。
流經基隆、新北與台北。上源雙溪至瑞芳山區附近，富煤礦，
曾有繁華歲月。

貓霧仔光：bâ-bū-á-kng，天剛亮的微光。
呵咾：o-ló，讚美。
雺霧：bông-bū，霧氣。
汫：tsiánn，淡。
綴：tuè，跟隨。
徛家：khiā-ke，人家。
穢：uè，傳染。
羶：hiàn，腥羶味。
臊：tsho，腥羶味。

——2020/10/27

從今以後，伊就是山
山就是伊，因為
性命，是一塊鏡

淡水河

〈溫暖〉

溪河，是上好 ê 藥方
靈魂，著愛安搭
三不五時仔
行入去伊心肝窟仔
坐坐，看看 leh

看山看海
看無緣 ê 彼个人
ê 形影

一直到
月娘 peh 起來
日頭落山
山跤徛家 ê 燈火
嘛流做
一條溫暖 ê 溪河⋯⋯

〈思念〉

每一條皺痕
嘛是愛
泅轉來遮，溫存

趁 beh 暗仔
目箍，和暮色
平紅 ê 時陣……

思念，猶原
是一隻
孤單 ê 船

註解：

淡水河：Tām-tsuí-hô，長158.7公里，台灣第三大河。基隆河、大漢溪、新店溪為其三大支流，流域遍布北台灣。狹義的淡水河，指板橋江子翠至淡水油車口出海前此段。淡水，做為一個山城河港，又與河同名，承載許多動人歷史記憶。

安搭：an-tah，安撫。
peh：爬。
徛家：khiā-ke，住家。
泅：siû，游水。
目箍：bák-khoo，眼眶。

——2019/9/10

每一條皺痕

嘛是愛

泅轉來遮，溫存

陳有蘭溪

真正是神奇，不可思議
看你用時間做刀仔
勻勻仔，kā 規百萬年 ê 寂寞
切開，變做勇壯 ê 山

啊！我 ê 感動
按呢，順綴你了悟 ê 跤跡
流轉去咱島嶼 ê 心臟

你是一尾銀色 ê 蛇
若親像春天月光
婿 kah，害滿山滿嶺 ê 樹仔
攏 teh 搖尻川花
搖 bē 煞……

愛，就是這款姿勢
曠闊又 koh 美麗 ê 心胸
溫暖，包容

我 ê 雞腸鳥腹

啊！按呢
我 ê 孤單
敢著 koh 繼續唱歌……

註解：

陳有蘭溪（Kunhukan）：Tân-iú-lân-khe，位於南投縣，河長
42 公里，濁水溪最長的支流，發源於玉山北峰東側八通關。
向源侵蝕劇烈，河水含沙量高，亦造成優美的河谷地形。布
農族為流域主要居民。

———————————————————————

綴：tuè，跟隨。
尻川：kha-tshng，屁股。

——2019/4/9

看你用時間做刀仔

勻勻仔，kā 規百萬年 ê 寂寞

切開，變做勇壯 ê 山

塔羅灣溪 ê 目屎

咱 kā 身軀
放 kah 上軟上軟
鋪對往過 ê 記持去
Hōo 一條古路
心事,行轉來

歷史,崩一隙
tī 賽德克 ê 山壁
澹澹 ê 傷痕
猶吊 tī 遐

溫暖 ê 日頭光
淡薄仔刺疫
遠遠,彩虹做 ê 橋
敢 koh 有祖先
靈魂 ê 跤跡?

我用跤寫一首詩

號做瘁疼
插一支
白色 ê 太陽旗
tī 山佮山相黏 ê 所在
招魂

霧社，茫茫 ê 霧社
猶原，有
殖民主義 ê 砲聲

Beh 規百多矣
這條古早 ê 溫泉路
茫茫渺渺，阮
總是
看無廬山眞面目

善，和惡
永遠，teh 相戰捙拚

人性，無是非
只不過
有當時仔 bē 記得
愛這字按怎寫

終其尾
血
猶是浡出來矣
和雨，攪做千年 ê 目屎
流做彼條塔羅灣溪
彎彎斡斡 ê
秋天

愛，總是
講 bē 定
伊 ê 真面目
到底，是啥？

阮 ê 心，煞開始
有一種痠疼
沓沓仔
suh 起 lih 樹頂尾溜
金金看

天，霧霧
若小可仔 teh 散
祖靈，茫茫 ê 祖靈
今，tī 佗？

註解：

塔羅灣溪：Thah-lô-uan-khe，濁水溪上游霧社溪支流，長約
15.58 公里。能高越嶺道西段屯原入口，沿塔羅灣溪河谷，蜿
蜒而上。塔羅灣（Turuwan），為賽德克（Sediq/Sài-tik-khik）
部落。原為族人商旅、打獵的古道，往東通往花蓮銅門，日
治時代，為討伐太魯閣族開闢為戰備道。1930 年霧社事件的
血腥場景之一。戰後，為台電的保線路。

彩虹橋：tshái-khīng-kiô，泰雅、賽德克族傳說，人死後，經
過彩虹橋，到祖先那裡。

記持：kì-tî，記憶。
隙：khiah，塌陷、坑洞。
刺疫：tshiah-iah，刺癢、煩躁。
捙拚：tshia-piànn，相鬥。
浡：phū，液體冒出。
斡：uat，轉彎。
suh：攀爬。
雺霧：bông-bū，霧氣。
今：tann，此時。
佗：tuah/tah/toh，哪裡。

——2020/9/20

遠遠，彩虹做ê橋
敢 koh 有祖先
靈魂ê跤跡？

第三輯

樹身人影

台灣杜鵑

一時，全世界
攏恬靜落來
風，若輕輕仔
teh 吹

山，前世今生
敢猶有你 ê 記持
面容？

我 kā 我 ê 躊躇
懷疑，鋪做一領
厚厚 ê 地毯
軟觳仔軟觳
Hōo 天頂 ê 雲，佮霧
安心，麗落來

有人 teh 問
插 tī 阮頭鬃

遐，白色 ê 花
是按怎紅牙仔紅牙
koh 小可仔澹澹

無人知
彼，攏是
春天 ê 眠夢

我虔心
kā 所有 ê 夢想
箍做伙
誕愛情來犯罪

上好是
kā 判無期徒刑
關 tī 阮心肝底
關到老，關到死
關到三生七世

永遠無法度超生
輪迴

有人 teh 投
愛著較慘死

無人知
花開，花謝
內面嘛有月娘
講 bē 出喙 ê 寂寞
孤單

若牽磕著
性命 ê 意義
一時，山 ê 目屎
就輾落來矣

變做雲，變做霧

變做風

偷偷仔 kā 你

吹去遙遠 ê 夢中

註解：

台灣杜鵑（*Rhododendron formosanum*）：Tâi-uân-tōo-kuan，台灣特有種，分布中低海拔山區，生長在嶺脊陡坡，常於霧林帶形成純林，林下積累陳年腐植土，鬆軟有彈性，踩踏其上，如天然地毯般溫柔。花，雪白帶淡桃紅，葉片往上微翹，成禱告之姿。

躊躇：tiû-tû，猶豫。

憢疑：giâu-gî，懷疑。

軟荏：nńg-sìm，柔軟。

䖙：thenn，半躺。

澹：tâm，溼潤。

箍：khoo，圈／圍攏。

唌：siânn，吸引。

投：tâu，投訴抱怨。

牽磕：khan-khap，牽扯碰觸。

輾：liàn，滾動。

——2020/10/18

花開，花謝
內面嘛有月娘
講 bē 出喙 ê 寂寞

台灣金狗毛蕨

是金 ê，嘛是眞 ê
囡仔時 ê 記持
是一隻臭賤 ê 狗
向未來一直吠，一直吠
天公，毋知有較老無？

啊我，老硞硞矣
千山萬水
攏變做，額頭 ê 皺痕

總是，聽候一陣春雨
Hōo 岸頂 ê 眠夢
愈來愈飽穗

無疑悟，深山林內
一个糊塗 ê 因緣
揣無路 ê 時
煞雄雄拄著你

咱，微微仔笑
有一粒缺角 ê 天星
綿爛 teh 閃爍……

無圓滿，是正港 ê 圓滿
性命，定著有欠點
心，才有人引炁
美麗 ê 光線

我，tī 樹林裡金金看
兩撇目眉
若像焦蔫 ê 翼股
毋知撲會振動
往過 ê 心事無？

彼隻狗，戇神戇神
tī 山壁跤

恬恬跍落來

真 ê，金鑠鑠……

註解：

台灣金狗毛蕨（*Cibotium taiwanense Kuo*）：Tâi-uân-kim-káu-môo-kueh，大型蕨類，三回羽狀複葉，台灣特有種。與金狗毛蕨類似，最大特徵爲，其小羽片靠基部處有缺齒。昔日，低海拔山區隨地可見，今過度開發，棲地破壞，成爲珍稀物種。

臭賤：tshàu-tsiān，頑皮好動。
額頭：hiàh-thâu，額頭。
飽穗：pá-suī，稻穀飽滿。
無疑悟：bô-gî-gōo，想不到。
揣：tshuē，尋找。
缺角：khih-kak，缺角。
綿爛：mî-nuā，堅持。
𤆬：tshuā，帶領。
焦蔫：ta-lian，枯萎
擛：iàt，搧動。
跍：khû，蹲。

無圓滿，是正港 ê 圓滿
性命，定著有欠點
心，才有人引焉

台灣馬醉木

孤單，若是
飛起來雲海面頂
無論按怎寫
都 bē 孤單

彼，是阮 ê 名。

風，定定 teh 生話
花莓，著愛一粒一粒
浸 tī 霜雪內面
才會開出
美麗 ê 春天

聽講，寂寞
是一隻發角 ê 白馬
不時 tī 天頂飛
飄撇，馬西馬西
其實伊心內

有一葩熱情 ê 火

這，是我 ê 戀夢。

規世人，用一款
修煉千萬年 ê 純淨
佮氣味，抵抗
世間所有 ê 一切
爭名，奪利
又 koh 虛情假意……

你定著是巷仔內 ê
佮玉山 ê 目神，仝款

婿。所以
寂寞孤單內面
永遠有詩。

我無醉啦！

若有人問起

啥物號做愛？

我會恬恬，報伊看

遠遠 ê 雲海……

註解：

台灣馬醉木（*Pieris taiwanensis*）：Tâi-uân-bé-tsuì-bȯk，俗稱
台灣梫木（Tâi-uân-tsìm-bȯk），台灣特有種，亦爲冰河孑遺
植物。杜鵑花科常綠灌木，分布低至高海拔地區，生命力強
韌，自然演替過程的先驅植物。花壺形，白色成串。淡紅色
花苞全年可見，需經低溫沉釀的春化作用，隔年才能開花。
花期約 3~5 月。全株有毒，馬若誤食，會昏睡如酒醉，故名
之。

生話：senn-uē，造謠。

花苺：hue-m̂，花苞。

飄撇：phiau-phiat，浪漫。

馬西馬西：má-se-má-se，酒醉貌。

巷仔內 ê：hāng-á-lāi--ê，內行人。

媠：suí，漂亮。

恬：tiām，靜。

——2020/11/5

婿。所以
寂寞孤單內面
永遠有詩。

玉山杜鵑

花，早就謝去矣
所有 ê 愛，攏還 hōo 天地爸母
風，恬恬仔
替秋天寫一首多情 ê 歌
按呢，一山接一山
去和過往 ê 我，做伴

今仔，日頭，婿 kah
所有 ê 孤單，定著 bē 孤單
寂寞，嘛走路，逃亡
一山接一山

阮，這款向腰架勢
千千萬萬年，有矣
謙卑，tī 筋骨裡演化
滿面風霜 ê 葉仔
向祖先血脈，越頭、倒捲
是惜情，惜命，毋敢奢颺

總是，一粒疼心
一山接一山
不管，花開花謝

註解：

玉山杜鵑（*Rhododendron pseudochrysanthum*）：Gio̍k-suann-tōo-kuan，台灣特有種，中高海拔山區常綠灌木或喬木。葉緣反捲，花白色或粉紅。花期 4~5 月，果期 10~11 月。

媠：suí，漂亮。
向腰：ànn-io，彎腰。
奢颺：tshia-iānn，大排場。

——2018/11/1

總是，一粒疼心
一山接一山
不管，花開花謝

玉山假沙梨

明明媠 kah
是按怎
講伊是假 ê leh？

一陣雺霧罩落來
玉山，想 bē 通
Tī 伊目神內面
有啥物毋是純眞
又 koh 圓滿？

我嘛想 bē 曉
這兩片瘦卑巴 ê 落葉
哪會遮爾貼心？
害我規胸坎仔
驚天，動地……

Bē 堪得使弄
目睭

匀匀仔跕落來
和日頭光，撨搣
上婿 ê 姿勢

雄雄，一下擔頭
規把 ê 子，紅記記
若親像
唌人眠夢 ê 天星
金爍爍

這，敢是
毋甘離開 ê 秋天？

疼，是眞 ê
惜，嘛是眞 ê
日頭
煞行 bē 開跤
明明就愛 kah beh 死

無奈，無情ê時間
teh 趕

姑不將，學我
用目屎
tī 靑苔面頂做記號
假影
和月娘相唅ê 玉山

註解：

玉山假沙梨（*Photinia niitakayamensis*）：Giȯk-suann-ké-sua-lâi，台灣特有種，薔薇科石楠屬常綠小喬木，分布中高海拔山區，春季開花，秋季結紅色小梨果，果先端因花萼宿存，呈星狀凹陷，頗爲特殊。老葉鮮紅，爲秋冬高山塗抹美麗新妝。

婿：suí，漂亮。
雺霧：bông-bū，霧氣。
瘦卑巴：sán-pi-pa，瘦巴巴。
貼心：tah-sim，貼心。
bē 堪得：bē-kham-tit，忍受不了。
使弄：sái-lōng，煽動。
跍：khû，蹲。
撨摵：tshiâu-tshik，調整、協商。
擔頭：tann-thâu，抬頭。
規把：kui-pé，整把。
咻：siânn，吸引。
爍：sih，閃光。
姑不將：koo-put-tsiong，不得已。
青苔：tshenn-tî，苔蘚。
唚：tsim，親吻。

──2020/11/6

匀匀仔跙落來
和日頭光，撨搣
上婍ê姿勢

玉山箭竹

我愣愣
是 teh 等啥物？

一片落葉落落來
Kā 我開破
酸、甜、苦、洘
攏是人生滋味

若是 tī 溪裡
就成做一隻船
渡所有 ê 冤屈
佮孽緣
行過性命彼岸

若是踮山頂
就 hōo 風吹做一蕊雲
沓沓仔講一段
花 ê 故事

Hōo 你鼻芳

我毋敢對神懷疑
這支日頭做 ê 箭
是 beh 射去雲外 ê 天
質問一句
世間 ê 真理

每一逝光
定著有伊 ê 意義
三千公尺 ê 愛
敢有夠懸
會當看破，人
彼粒冇硞硞 ê 心

痴迷，淡規片
一粒一粒 ê 山崙
手相牽，牽到天邊

看範勢，是無了時

阮心肝窟仔
有一葩熱情 ê 火
等千萬年矣

等咱島嶼大漢成人
等你 ê 目睭，罩霧
落雨

Tī 山櫻花開
彼下晡……

註解:

玉山箭竹（*Yushania niitakayamensis*）：Giȯk-suann-tsìnn-tik，台灣原生種，台灣植物中唯一以玉山為屬名，分布中高海拔地區，生命力強韌，森林火燒後，地下走莖仍健在，常蔓延成一片箭竹草原。

開破：khui-phuà，曉以大義。

洴：tsiánn，淡。

僥疑：giâu-gî，懷疑。

一逝：tsit tsuā，一道、一行。

懸：kuân，高。

有硞硞：tīng-khok-khok，硬梆梆。

湠：thuànn，蔓延。

範勢：pān-sè，情勢。

成人：tsiânn-lâng，成為成熟明理的人。

罩雺：tà-bông，被霧籠罩。

下晡：ē-poo，下午。

——2020/11/6

我毋敢對神僥疑

這支日頭做 ê 箭

是 beh 射去雲外 ê 天

白雞油

獨角仙，若親像
攏去做仙矣
熱天 ê 故事
Kan-na 賰吱蟬
teh 相佗，鬥 oo-ián

毋捌看過
規身軀 ê 傷痕
遐驚人
肩胛頭，愛 koh 揹
規粒島嶼 ê 身世
佮，DNA

我知影
每一片枝葉
攏是頂世人 ê 翼股
Beh 飛 bē 飛
逐工，teh 等待

老鷹，綴風飛過
親像寂寞
ê 愛情

我捌你捌 kah 有賰矣
疼，是為著證明
家己猶活 leh
Hōo 每一滴目屎 ê 歡喜
攏揣有路，通轉來

你知，有一工
我嘛會去做仙
親像詩
koh 再復生

彼時，熱天 ê 故事
就加一重白蠟
滑滑滑，愛情

若無細膩，跋落塗跤
才會記得
來看我嘿！

註解：

白雞油（*Fraxinus griffithii*）：Pe̍h-ke-iû，光蠟樹，台灣特有種，
中低海拔植物，單數羽狀複葉，樹皮汁液，獨角仙的最愛。
木材表層，有白色油脂，故名之。

相伨：sio-thīn，支持相挺。
oo-ián：支持相挺。
揹：phāinn，用肩揹負東西。
綴：tuè，跟隨。
捌：bat，認識。
跋：pua̍h，跌倒。

——2020/7/31

疼，是為著證明

家己猶活 leh

Hōo 每一滴目屎 ê 歡喜

靑葉楠

一目 nih 仔
歷史 ê 茫霧，隨罩過來
雨，是活活滴
遙遠 ê 故事，沃 kah 澹糊糊
Tī 空中，teh 搖

一擔頭，賽德克 ê 祖靈
掛 tī 樹椏，目睭金金
揣無性命 ê 日頭光
彼座彩虹做 ê 橋
嘛毋知，走去佗位⋯⋯

霧，koh 來矣
風，tī 霧內面 teh 吹
滿面風霜
兩欉美麗 ê 靑葉楠
tī 雨裡，勻勻仔攬做伙
皺痕，是掣流 ê 眉溪

春天尾溜

新 ê 故事，koh 開始矣

換阮目箍澹澹

分 bē 清

是霧，抑是雨……

註解：

青葉楠（*Machilus mushaensis*）：Tshing-hióh-lâm，又稱霧社
楨楠，台灣特有種，僅分布霧社、谷關一帶。葉片常有蟲癭，
果實，是松鼠鳥類的最愛。

賽德克（Sediq）：Sài-tik-khik。1930 年霧社事件，領導人莫
那．魯道，即本族原住民。

眉溪：Bî-khe，烏溪水系上源，流經霧社，於人止關注入南
港溪。

---

nih：眨眼。
涵涵滴：tshàp-tshàp-tih，滴水的樣子
沃：ak，澆灌。
樹椏：tshiū-ue，樹枝。
彩虹：tshái-khīng，彩虹。
攬：lám，擁抱。
掣流：tshuah-lâu，急流。
澹：tâm，溼潤。

──2019/4/21

霧，koh 來矣
風，tī 霧內面 teh 吹
滿面風霜

相思仔

一直 teh 燒疑
山 ê 相思，遮厚
咱敢綴會著
伊 ê 尻川頭？

千斤萬斤 ê 相思仔
若燒做火炭
敢 koh 會相思？

滿山滿嶺 ê 相思
親像創世紀 ê 洪水
聽講，慢慢仔
tī 風中，teh 消退

情傷深，露傷重
愛情
若鋪做一領眠夢
你 ê 暗暝

敢會堪得？

阮 ê 相思
覕 tī 心肝底
沓沓仔 teh 婁
勻勻仔 teh 問

假使
你 ê 性命若 beh 重來
阮甘願
做彼个戀大呆

啊！
烏雲罩落來矣
山，bē 赴旋
一時
煞摔大雨……

註解：

相思仔（*Acacia confusa*）：Siunn-si-á，相思樹，台灣原生種，原本只分布在恆春半島，因其生命力旺盛，薪柴又可製木炭，日治時代全島普遍栽種，壓縮在地原生種的生存空間，成為另類的生態災難。據學者研究，其整體壽命不過百年，山林正緩慢復原中。

憢疑：giâu-gî，懷疑。

綴：tuè，跟隨。

尻川：kha-tshng，屁股。

覕：bih，躲。

軁：nng，鑽。

罩：tà，籠罩下來。

旋：suan，溜走。

摔：siàng，丟擲。

——2020/8/12

若鋪做一領眠夢

你 ê 暗暝

敢會堪得？

香楠

倚 tī 伊
溫柔 ê 褲跤
複習熱天 ê 風
複習,吱蟬 ê 聲
複習
愛情 ê 滋味

敬天,拜地
詩,是靈魂坑底
一枝芳香
替咱 ê 暗暝
留一葩稀微燈光

愛,是咱島嶼
古早古早 ê 故事
種 tī 心肝
火永遠,都 bē 化

我順勢
kā 雙手伸去天頂
想 beh 佮伊比並

風，笑笑仔
kā 我記持
澹溼 ê 彼頁情意
勻勻仔，掀過

墊一粒子
koh 種一欉樹仔
講 beh 複習伊
tī 我面皮，bē 記得 ê
芳味

註解：

香楠（*Machilus zuihensis Hayata*）：Hiunn-lâm，台灣特有種，中低海拔常綠喬木。樹皮磨成粉後，可製成祭祀用的線香。

化：hua，熄滅。
伸：tshun，使物體變長延展。
比並：pí-phīng，比較。
澹：tâm，溼潤。
墊：tiām，埋入。

——2020/7/27

敬天，拜地
詩，是靈魂坑底
一枝芳香

松羅

按呢掠你金金相
毋是我痴哥
嘛毋是
beh kā 你拆食落腹
是我，teh 走揣
我家己
本來 ê 面目

前世，今生
我到底是 tī 佗位？
未來，又 koh
beh 行去啥物所在？

這粒山
敢毋是天神
碎糊糊 ê 心肝？
無，按呢在人 thún 踏
koh 無要無意

彼款自在 ê 笑容
hōo 人毋甘
目箍紅

你定著知影

山崩地裂 ê 記持
偷偷仔，kā 束勼
藏 tī 樹尾溜
講 bē 出喙 ê 心事
不時，都綴風
千軍萬馬

過往 ê 日子
tī 風中
鋪做一條長長 ê 路
足遠，足遠
有黃色 ê 塗沙

块蓬蓬

我一下神神
煞智覺著你
嘛掠我金金看
看入肉，看入骨
看入去我靈魂
有一片薄薄透明 ê 驚惶
呸呸掣

你目神，若針
逼 kah 我走投無路
你 teh 問你家己
號做啥名？

大安溪，愣愣
火炎山，嘛愣愣
啊我，大粒汗細粒汗

恬恬，滴落塗

我看這世人
免 koh 艱苦……

註解：

松羅（*Pinus massoniana*）：Siông-lô，馬尾松，台灣原生種，珍稀保育類，冰河孑遺植物，分布低海拔乾燥山區。葉，兩針一束，松針長而柔軟似馬尾，故名之。苗栗火炎山存有天然林，2002 年間因松材線蟲疫情，族群銳減。

掠：lia̍h，抓。
相：siòng，注目。
痴哥：tshi-ko，好色之徒。
走揣：tsáu-tshuē，尋找。
thún 踏：thún-ta̍h，糟蹋。
裂：lih，撕開。
勼：kiu，縮。
喙：tshuì，嘴。
坱蓬蓬：ing-phōng-phōng，塵土飛揚。
神神：sîn-sîn，出神。
呸呸掣：phih-phih-tshuah，發抖。
愣愣：gāng-gāng，發呆。

——2020/11/21

山崩地裂 ê 記持
偷偷仔，kā 束勼
藏 tī 樹尾溜

第四輯

美麗草花

小白頭翁

等你等 kah
天星攏老矣
頭毛
喙鬚白

暝傷長，情傷重
幸福 tī 你心頭
覕藏
敢猶是別人？

天若像 beh 光矣
雲未散
我 kā 天地 ê 相思
摸過一山
koh 一山

愛情，無藥好醫
頂世人，這世人

永遠
屈 tī 烏暗 ê 坑崁
滾絞

我 ê 哀愁
若變做一粒遙遠 ê 島嶼
你敢 beh 和我
做伙蹛 tī 遐
聽一世人 ê 海湧聲

總是，恬靜
等一陣風吹來
Kā 我 ê 喙鬚
紡做厚厚 ê 棉紗
Hōo 寒天，做婿衫

其實，阮猶少年
是這个世界傷老

傷狹，目睭
bē 堪得一粒塗沙

親像咱小小 ê 心意
千不該萬不該
tī 花開進前
就 hōo 人看現現

唉，眞害！
日頭出來矣

註解：

小白頭翁（*Eriocapitella vitifolia*）：Sió-pe̍h-thâu-ong，台灣原生種，宿根草本植物，分布中高海拔山區，花白色淡粉紅，瘦果成熟時披滿白色長毛，像白髮老翁。典型風媒花。

喙鬚：tshuì-tshiu，鬍鬚。
覕：bih，躲。
搝：giú，拉。
屈：khut，屈身。
蹛：tuà，住。
紡：pháng，轉動。
媠：suí，漂亮。
狹：e̍h，狹窄。
bē 堪得：bē-kham-tit，禁不住。

——2020/9/20

是這个世界傷老
傷狹，目睭
bē 堪得一粒塗沙

山油點草

山，窮實
有淡薄仔吵
樹葉仔 tī 日頭光裡
窸窸窣窣
毋知 teh 講啥心事？

我頂世人
漂浪 ê 愛情，傷臭賤
Hōo 人點油做記號
笑容，規路
掖 kah 山壁滿滿是

山，窮實
有淡薄仔吵
風，和一陣鳥仔
teh 相諍
佮一隻蝶仔
上婿？

坦白講
嬌嬌 ê 秋天
嘛有小可仔哀悲
定定，用一片落葉
teh 走揣，性命
新 ê 意義

遠遠 ê 你
敢有鼻著一款
夢想徛黃 ê 芳味？

山，窮實
有淡薄仔吵
毋過我 ê 心
顛倒恬靜落來
彼條掣流 ê 溪
知影

規路
按呢吟詩唸歌
是我
上虔誠 ê 祝福

山，煞反形
竟然嫌我吵

你講有趣味無？
心愛 ê……

註解：

山油點草（*Tricyrtis stolonifera*）：Suann-iû-tiám-tsháu，台灣特有種，多年生草本植物，分布中低海拔山區灌叢底層，花六瓣，紫紅色布滿紫色斑點。與台灣油點草（*Tricyrtis formosana*）之區別，在於其具走莖，與大小兩型花瓣。

窮實：khîng-sit，其實。
窸窸窣窣：si-si-sut-sut，細小的聲音。
臭賤：tshàu-tsiān，卑微、好動頑皮。
掖：iā，灑。
相諍：sio-tsènn，爭辯。
走揣：tsáu-tshuē，尋找。
徛黃：khiā-n̂g，葉初枯萎。
掣流：tshuah-lâu，急流。
反形：huán-hîng，反常。

——2020/9/20

樹葉仔 tī 日頭光裡

窸窸窣窣

毋知 teh 講啥心事？

台灣百合

經過幾若百萬冬
凝心，佮注目
你才甘願
成做一蕊花

好親像
太平洋 ê 海湧
等規世人
才 beh tī 阮耳空
靠岸

我聽著，天外 ê 天
彼款永遠
無邊無界 ê 聲

足久矣
是按怎
我一直毋敢放心

叫你 ê 名

無論好天落雨
日時，抑暗暝
遙遠 ê 夢中
總是，有一粒澹澹
溼溼 ê 目睭
掠我金金看

無的確
彼是神，抑是
頂世人
失眠 ê 天星

是按怎
你輕輕仔一下反身
玉山
就開始透風落雨

彼隻漂浪 ê 海翁
無疑悟
tī 阮心肝窟仔
停跤，歇睏

幾若百萬冬 ê 憂悶
雄雄做一下釘根
化做一座
自在 ê 番薯仔島……

你猶原
一蕊迷人 ê 花
頭犁犁

按呢
風雨若停 ê 時

我敢會使，用咱母語
koh 叫你 ê 名？

註解：

台灣百合（*Lilium formosanum*）：Tâi-uân-pik-ha̍p，台灣特有種，
海邊至 3,000 公尺高山都有其蹤跡，生命力強韌，常被用來
做為台灣精神象徵。戒嚴時期，台灣兩字，每每成為禁忌。
花雪白，有紫色邊紋。

凝心：gîng-sim，鬱悶。
澹：tâm，溼潤。
無的確：bô-tik-khak，或許。
反身：píng-sin，翻身。
無疑悟：bô-gî-gōo，想不到。

——2020/8/23

風雨若停 ê 時
我敢會使，用咱母語
koh 叫你 ê 名？

玉山沙參

用眠夢
做一串鈴鐺仔
綴風 teh 飄搖

紫色，內面
藏一寡仔天頂
透明 ê 藍

伊，彼粒愛情
到底
覕 tī 佗一領衫裙下跤
teh 孵卵

敢講
漂浪規世人 ê 流星
無 beh koh 漂浪矣？

玉山

傷懸，傷老
逐 bē 著伊 ê 青春
憂頭結面
小可仔厭氣

我 ê 孤單
毋知是摔，抑癢
實在 bē 堪得
姑不將，用詩做鏡
伸落去偷影
迷人 ê 春光

啊！鈴鐺仔
做一眠，煞攏唬矣
Teh 笑我阿西
大癮頭

阮無要意

伊 ê 青春，佮愛
定著猶 tī
遠遠 ê 所在

按呢想
咱
拄種 tī 山壁 ê 勇氣
才 bē 毋成樣

眠夢
毋驚颱風，淋雨……

註解：

玉山沙參（*Adenophora morrisonensis*）：Giȯk-suann-sua-som，台灣特有種，又名台灣沙參，分布 2,500~3,000 公尺高山，花似紫色小鈴鐺，常多朵成串著生於莖；高山沙參則是單朵，兩者最大區別。

串：tshǹg，串。
綴：tuè，跟隨。
覕：bih，躲藏。
佗：tuah/tah/toh，哪裡。
懸：kuân，高。
厭氣：iàn-khì，怨嘆、不平。
撽：ngiau，搔癢。
癢：tsiūnn，搔癢。
bē 堪得：bē-kham-tit，忍不住。
姑不將：koo-put-tsiong，不得已。
偷影：thau-iánn，偷看。
喨：liang，響。
阿西：a-se，傻子。
癮頭：giàn-thâu，傻子。
毋成樣：m̄-tsiânn-iūnn，不成材。
剾風：khau-hong，吹風。

——2020/8/23

姑不將，用詩做鏡

伸落去偷影

迷人 ê 春光

玉山金絲桃

我 kā 雨水
含 tī 目墘
內面，有你
昨暝 ê 溫柔

風，勻勻仔 teh 吹
三千公尺 ê 美麗
佮哀愁
敢會散？

阮，是 bē 孤單
因為有雲，有山
通倚靠

黃錦錦 ê 相思
綿爛 kā 這世人 ê 花
開 kah 上媠

我用往過
愛你 ê 詩，做記號
嗵一寡仔蜂
抑是蝶仔
來破豆，相褒

阮是一欉妖嬌
迷人 ê 金絲桃
心，不時掛 tī 雲頂
罔眠夢，罔風騷
這款屈勢
保證你，全世界
有錢嘛揣無

綴來，對上天
微微仔笑一下，恬靜
聽候，降霜落雪
Kā 死，煉做一粒覺悟

埋 tī 心肝底

來來去去 ê 故事
我看誠濟
歡喜，佮傷悲
等待明年，玉山春天
阮定著 tī 你目墘
koh 再發穎

註解：

玉山金絲桃（*Hypericum nagasawae*）：Gio̍k-suann-kim-
si-thô，台灣特有種，多年生宿根性草本植物，分布 2,300
公尺以上高山。秋冬休眠，全株枯萎，來年春天又發新芽。
葉片，花瓣，甚至花藥，布滿腺點，分泌蜜味吸引蟲蝶。
花，鮮黃，煞是美麗。

目䀮：ba̍k-kînn，眼眶。
倚靠：uá-khò，依靠。
黃錦錦：n̂g-gìm-gìm，鮮黃貌。
綿爛：mî-nuā，堅持。
往過：íng-kuè，以前。
唌：siânn，吸引。
破豆：phò-tāu，聊天。
褒：po，讚揚。
紲來：suà--lâi，然後。
發穎：puh-ínn，發芽。

————2020/8/23

聽候，降霜落雪
Kā 死，煉做一粒覺悟
埋 tī 心肝底

竹葉蓮

阮是一个無名小卒
借一寡仔露水
罔講，我 ê 愛情

故事，凡勢仔酸酸
凡勢仔鹹鹹
毋過，感情
是無才調走閃

昨暝定著摔大雨
阮面皮，誠皺
一條一條 ê 山溝
敢猶原
迵去神 ê 後頭？

阮是無名小卒一个
花，細細蕊仔
也是會結子

Hōo 你治疼，解憂愁

根骨，定著嘛會
覕 tī 塗底生湠
偷偷仔
替咱島嶼，加油

註解：

竹葉蓮（*Pollia japonica Thunb*）：Tik-hiòh-liân，台灣原生種，
又稱杜若，中低海拔底層，直立草本植物，具有根狀莖，生
命力旺盛。藥用植物。

摔：siàng，丟擲。
迥：thàng，通往。
後頭：āu-thâu，娘家。
覕：bih，躲。

——2020/7/29

花，細細蕊仔

也是會結子

Hōo 你治疼，解憂愁

姑婆芋

Kā 一首
愛你 ê 詩，掌 hōo 懸
成做一支雨傘

按呢
天公伯仔 ê 目屎
就 bē 崩山

阮
毋是一隻虎姑婆
你囡仔時
拍毋見 ê 眠夢
毋通來揣我

彼支雨傘
其實，毋是雨傘
是我，和山
熱戀 ê 心

浮 tī 面頂 ê 血筋
是頂世人 ê 溪
這世人 ê 路
交插出，咱 ê 未來
前途

阮知影，彼月山
凡勢 teh 落雨
無才調
飼你一頓粗飽
毋過
會當 hōo 你 ê 傷悲
小可仔停跤

彼支雨傘
其實是雨傘
Kā 詩掌 hōo 懸

有落雨無落雨
便看，人生
應當是
無啥精差

註解：

姑婆芋（*Alocasia odora*）：Koo-pô-ōo，台灣原生種，分布於
低海拔潮溼林下。葉子巨大，心型，昔日可給小販包魚肉，
也可給幼童當傘玩。根莖有毒，不可食，藥用。

撐：thènn，支撐。
懸：kuân，高。
揣：tshuē，尋找。
無才調：bô-tsâi-tiāu，沒有能力。
停跤：thîng-kha，歇腳。
便看：piān-khuànn，視狀況而定。
精差：tsing-tsha，差別。

——2020/8/17

Kā 一首

愛你 ê 詩，掌 hōo 懸

成做一支雨傘

金午時花

Beh 倚晝矣
愛情
緊提出來曝曝 leh

趁花
焦蔫去進前
Hōo 伊
淡薄仔溫暖

世間，淒涼

熱天，竟然
熱 kah 強 beh 哭爸

靈魂，太濟束縛
Tī 神面頭前
足想 beh 褪腹裼

畫矣

過橋喔

我往過愛你

彼蕊

澹溼 ê 目神

註解：

金午時花（*Sida rhombifolia*）：Kim-ngóo-sî-hue，台灣原生種，俗稱嗽血仔草（Sàu-hueh-á-tsháu），藥用植物。中文，白背黃花稔。喜陽光，花，黃色，過午，慢慢收合，乍看似枯萎。

倚晝：uá-tàu，靠近中午。

曝：phák，曬。

焦蔫：ta-lian，枯萎。

束縛：sok-pák，綑綁。

褪腹裼：thǹg-pak-theh，打赤膊。

往過：íng-kuè，以前。

澹：tâm，溼潤。

——2020/8/5

靈魂，太濟束縛
Tī 神面頭前
足想 beh 褪腹裼

阿里山薊

你 ê 愛情是刺
無，我規身軀
傷痕
哪會滿滿是？

寂寞，是山
阿里山，合歡山，玉山……
一山比一山
koh 較奢颺

總是，一个紀念
咱美麗島嶼
千萬年前
tī 你目箍焦去 ê
海水

我彼个
無緣 ê 愛人仔

伊 tī 半暝 ê 夢中
定著有聽著
太平洋 ê 歌聲

海湧，一重一重
kā 心事裂落來
我流血流滴 ê 心
無日頭
猶原赤焱焱

啊！是啥緣故
我愛你
竟然並伊 koh 較濟
是毋是，hōo 你穢著
無，規身軀煞起刺疫
敢若著雞災 leh

彼粒山

毋知號做啥物名
我哪 peh kah
強 beh bē 喘氣？

我 ê 愛情
綴你變做刺了後
瘦卑巴 ê 靈魂
一越頭
全世界攏 teh 喝疼

註解：

阿里山薊（*Cirsium arisanense*）：A-lí-san-kè，台灣特有種，
分布約 2,300~2,700 公尺高山，此類薊屬台灣俗稱雞角刺
（Ke-kak-tshì），葉橢圓，先端尖銳，多刺，葉緣羽狀全裂，
花冠黃或紫色。

奢颺：tshia-iānn，大排場。
裂：liah，撕開。
赤焱焱：tshiah-iānn-iānn，熱烘烘。
並：phīng，比。
穢：uè，傳染。
刺疫：tshiah-iàh，搔癢貌。
雞災：ke-tse，雞瘟。
peh：攀爬。
綴：tuè，跟隨。
瘦卑巴：sán-pi-pa，很瘦貌。
越頭：uàt-thâu，轉頭。
喝疼：huah-thiànn，喊痛。

——2020/8/23

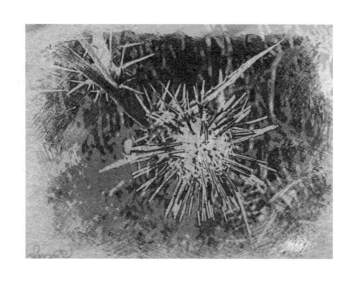

瘦卑巴 ê 靈魂

一越頭

全世界攏 teh 喝疼

風藤

霧，koh 來矣。

Tī 風塵世間，賭 ê
勇氣，偷偷仔
覕入來樹林
借時間 ê 肩胛頭
一步一步，peh 起 lih
天頂

你，定著知影
我專工 tī 人 ê 皺痕裡
釘根，kā 苦難磨 hōo 平
Kā 愛添 hōo 滇
按呢，日子就較少年
Bē 傷悲

山風吹來，霧內面
猶有一重雺霧

若婿婿 ê 花，淹過阮目神
茫茫渺渺……

我定著毋驚風
Kan-na 驚，故事 hōo 風吹散
按呢，我 beh 佗位走揣
往過，你愛我 ê 面容

啊！霧又 koh 來矣
無聲無說……

註解：

風藤（*Piper kadsura*）：Hong-tîn，台灣原生植物，木質藤本。
生命力強韌。原住民常用其果實，做胡椒替代品。

賰：tshun，剩下。
覕：bih，躲藏。
peh：攀爬。
滇：tīnn，飽滿。
雺霧：bông-bū，迷霧。
kan-na：只。
走揣：tsáu-tshuē，尋找。

——2019/4/22

Kā 愛添 hōo 滇
按呢，日子就較少年
Bē 傷悲

高山芒

等風恬靜落來
我 ê 目神
開始綴你搖

眠夢，開花
結子，生出翼股
寒天來矣
秋天，是 beh 飛去佗？

聽講
有日頭光 ê 所在
是離神上近 ê 所在
揣無向望 ê 時
就來遮
Kā 詩曝 hōo 焦，變乾
等心若落雪
好燃火，盤撋

一蕊雲
歇 tī 玉山頂頭
想規晡
無才調覺悟

你笑笑仔
恬恬，繼續搖
我嘛綴 leh 搖
風，煞開始
koh 盪盪搖起來矣

一時
天茫茫，地茫茫
咱島嶼 ê 心
嘛茫茫

想起山，頂世人
火燒 ê 身世

佮因緣……

今，敢猶有夢？

註解：

高山芒（*Miscanthus transmorrisonensis*）：Ko-suann-bâng，台灣特有種，分布中高海拔山區，生命力強韌，森林大火後，與玉山箭竹同為演替的先驅植物。秋冬時節，穎果成熟，高山白茫茫一片，常與陽光交織成夢幻景緻。

綴：tuè，跟隨。
翼股：sit-kóo，翅膀。
佗：tuah/tah/toh，哪裡。
揣：tshuē，尋找。
曝：pha̍k，曬。
焦：ta，乾。
乾：kuann，脫水風乾後的食物。
燃：hiânn，焚燒。
盤撋：puânn-nuá，交際陪伴。
今：tann，此時、如今。

——2020/11/6

Kā 詩曝 hōo 焦，變乾

等心若落雪

好燃火，盤擱

蠻大秋海棠

是講，我當 leh 複習
往過酸澀 ê 愛情
按怎等待，按怎開花
按怎結子，甚至根
按怎生溇……

Tī 這條偏僻 ê 山路
早就鼻無
少年時 ê 芳味矣

我假影青春 ê 芘葉仔
紅牙仔紅牙
架勢，無論按怎展
嘛展 bē 好勢，猶原
含一寡，昨暝 ê 露水

澹澹 ê 目墘
趁無人 ê 時，一步一步

tī 日頭光裡，複習

風 ê 跤跡

註解：

巒大秋海棠（*Begonia laciniata*）：Luân-tuā-tshiu-hái-tông，又名銹毛秋海棠，台灣原生種，中低海拔植物。花，粉紅；莖有深褐色短毛，故名之。

芛葉仔：tsínn-hiòh-á，嫩葉。
展：thián，展開。
含：kâm，把東西放在口中。
澹：tâm，溼潤。
趁：thàn，趁勢。

——2019/6/25

趁無人 ê 時，一步一步
tī 日頭光裡，複習
風 ê 跤跡

第五輯

可愛妖精

人面蜘蛛

我隱身做一隻蜘蛛
吊 tī 樹林面頂，恬恬
看四季 ê 跤步，來來去去
毋過，時間偷偷仔睨 tī 內底
有去無回

我將一生所有 ê 愛情
攏吐做一條一條 ê 白絲仔線
牽 tī 過去佮未來中央，牽 tī
天地之間，牽 tī 你我目睭仁
上思念 ê 所在

等待，就是我性命 ê 一切
等待春天 ê 花芳，等待
熱天 ê 喘氣，等待秋天 ê 露水
等待寒天 ê 眠夢，等待你
輕輕行過

你輕輕仔行過

毋知有看著無？

我彼个猶未完全進化

倒頭栽 ê 人面……

註解：

人面蜘蛛（*Nephila pilipes*）：Lâng-bīn-ti-tu，又稱大木林蜘蛛，
台灣最大型的蜘蛛。頭胸背板有人面斑紋，故得名。

恬：tiām，靜。

覕：bih，躲藏。

倒頭栽：tò-thâu-tsai，倒栽蔥。

——2012/1/30

我將一生所有 ê 愛情
攏吐做一條一條 ê 白絲仔線
牽 tī 過去佮未來中央

台灣大管蟹

我 kā 島嶼 ê 戀夢
攑 tī 頭殼頂
用上溫柔 ê 姿勢
招呼美麗 ê 大海

海，恬恬
跤跡
退 kah 足遠足遠去

阮心肝窟仔
囥規百萬年 ê 心事
煞直直海漲，海漲，海漲……

終其尾，嘛是滿出來矣
規塗跤，全全是
天公伯仔 ê 目屎
一塊鹹鹹，傷心 ê 土地
攏還 hōo 大海

大海慈悲

敢有人 beh 來招呼我

Tī 心，洘流 ê 時……

註解：

台灣大管蟹（*Xeruca formosensis*）：Tâi-uân-tuā-kóng-hē，又
名台灣旱招潮、台灣招潮蟹。特有種。體色深褐。雄蟹大螯
兩指潔白，雌蟹背甲下有淺色橫帶，爲其辨識特徵。

────────────────

攑：giȧh，舉。
园：khǹg，放置。
海漲：hái-tiùnn，漲潮。
洘流：khó-lâu，退潮。

──2019/3/21

大海慈悲

敢有人 beh 來招呼我

Tī 心,洘流 ê 時……

台灣琉璃翠鳳蝶

性命，無常
咱，這時
寫 tī 伊身軀 ê 憐惜
到底有幾兩重？

上帝化身，春天 ê 風
慈悲，行過伊軟絲 ê 翼股
伊，無聲無說
我，煞目箍紅紅

彼時，tī 天頂
兩蕊放浪 ê 雲，猶原
倒 leh 伊 ê 嬌衫，青金青金

伊講，若 kā 月娘 ê 笑容
永遠揹 tī 尻脊骿
就毋驚，風寒露水冷

啥人來憐惜我
我 ê 孤單，瘦卑巴
沓沓仔 tī 咱土地
用詩，徛名

註解：

台灣琉璃翠鳳蝶（*Papilio hermosanus*）：Tâi-uân-liû-lî-tshuì-hōng-tia̍p，中型鳳蝶，又稱琉璃紋鳳蝶、寶鏡鳳蝶，台灣特有種。體色黑褐，全身布滿金綠鱗狀細斑，後翅背面有顯目琉璃色塊，腹面外緣有一排紅褐色弦月紋。

翼股：sit-kóo，翅膀。
目箍：ba̍k-khoo，眼眶。
媠：suí，漂亮。
揹：phāinn，用肩膀或背部來負載物品。
尻脊骿：kha-tsiah-phiann，背部。
徛名：khiā-miâ，落款。

——2020/4/18

上帝化身，春天 ê 風
慈悲，行過伊軟絲 ê 翼股
伊，無聲無說

白頭鵠仔

管待伊日子
生做啥物面腔
咱，做伙老
用天地，彼款恬靜
歡喜 ê 聲嗽

徛 tī 山頂
看日頭慢慢落海
憂愁 ê 時，就 kā 白雲
當做後頭

趁黃昏，嫷嫷 ê 景緻
Kā 翼股曝 hōo 焦
晾一領，用詩
拄織好 ê 新衫

風吹來，就順勢
kā 長長 ê 情意

摸到天邊海角
所有 ê 過去，過去
攏 kā 放 hōo bē 記得

目一 nih
徛 kah 頭毛白矣
誠數念，花 ê 芳味
越頭，才智覺
你已經無 tī 身邊

無要緊
管待伊啥物日子
有自由 ê 空氣
逐工
攏是青春少年時

註解：

白頭鵠仔（*Pycnonotus sinensis*）：Pèh-thâu-khok-á，白頭翁，
體長約 17~22 公分，台灣原生留鳥，特有亞種。普遍分布平
地至低海拔地區，號稱城市三寶之一。

徛：khiā，站立。
後頭：āu-thâu，娘家。
媠：suí，漂亮。
曝：phak，曬。
晾：nê，吊掛物品使其乾燥。
拄：tú，剛剛。
搝：giú，拉。
nih：眨眼。
數念：siàu-liām，思念。

——2021/6/20

看日頭慢慢落海

憂愁 ê 時，就 kā 白雲

當做後頭

花仔和尚

木魚 ê 聲
直直硞
硞 kah 春天 ê 面
神神

我心肝頭
誠定著
寒天，走矣

風，bē 寒 bē 熱
拉圇仔拉圇
拄好來孵卵
猶 leh 眠夢 ê 詩
爽 kah，目神
強 beh 拋荒

春風，慈悲
勻勻仔替我捋龍

五臟六腑、三魂七魄
一寸一寸，暢 kah 衝煙
歡喜，倒 tī 喙脣面頂
輕輕仔 teh 哼
愣愣仔 teh 司奶

按呢
kā 當做食菜唸經
敢 bē 傷歹勢
失人 ê 禮？

木魚 ê 聲
直直硞
硞 kah 眾神，神神
山和我，嘛神神

我當 leh 眠夢彼首詩
眠夢家己變做一尾魚

慢慢仔，teh 泅
一款無人知 ê 稀微
匀匀仔，散去

我綴 leh 修行
一片歹扭搦 ê 心事
煞捽跋反

靈魂內底
一个烏暗深坑
突然間，有彩色 ê 光
teh 毵鑽

木魚 ê 聲
直直硞，直直硞
日子，恬靜
免人問

註解：

花仔和尚（*Psilopogon nuchalis*）：Hue-á-huê-siūnn，五色鳥，台灣原生種，低海拔常見留鳥。鳴叫似木魚聲，故名之。

木魚：bo̍k-hî，唸經的法器。
硞：kho̍k，碰撞。
神神：sîn-sîn，發呆。
拉圇仔：lâ-lûn-á，溫溫的。
掠龍：lia̍h-lîng，按摩。
暢：thiòng，興奮。
哼：hainn，輕聲叫喊。
司奶：sai-nai，撒嬌。
泅：siû，游泳。
扭搦：liú-la̍k，掌管。
捙跋反：tshia-pua̍h-píng，翻滾打轉。
躼：nǹg，鑽。

——2021/3/16

眠夢家己變做一尾魚

慢慢仔，teh 泅

一款無人知 ê 稀微

南路鷹

總是
有一寡仔憂愁
覘 tī 春天
腹肚底

咱島嶼
彼个飄撇 ê 詩人
敢若未出世

無論風，按怎溫柔
按怎吹，嘛畫 bē 出
伊 ê 形體

春分
南路鷹來矣
阮八卦山，是一首
迷人 ê 詩

擔頭
世界遐開闊
彼个溫柔 ê 詩人
tī 佗位？

堅心 ê 翼股
勇氣，滿滿
路，是千千萬萬里
天，到底
是啥人 ê 天？

目神，總是
沙微沙微
彼个憂愁 ê 詩人
tī 佗位？

註解：

南路鷹（*Butastur indicus*）：Lâm-lōo-ing，灰面鵟鷹，台灣過境鳥，春分前後北返途中，八卦山脈經常可見其蹤跡。亦稱清明鳥。

覕：bih，躲藏。
飄撇：phiau-phiat，瀟灑。
敢若：kánn-ná，好像。
擔頭：tann-thâu，抬頭。
翼股：sit-kóo，翅膀。
沙微：sa-bui，瞇眼。
佗位：tó-uī，哪裡。

——2021/3/21

路，是千千萬萬里
天，到底
是啥人 ê 天？

面天水雞

上天啊
面對這个無圓滿 ê 世界
阮有時會變面變色
毋過，永遠 bē 變心

上天啊
無圓滿 ê 世界
嘛是阮 ê 世界
感謝所有露水因緣
陪伴，每一个
寂寞 ê 暗暝

上天啊
這个世界，本來
就是無圓滿 ê 世界
愛，有時陣會揣無路

阮總是 peh 起 lih 樹椏草枝

恬恬看覓仔，天頂 ê 色水

然後，叫一聲：

上天啊……

註解：

面天水雞（*Kurixalus idiootocus*）：Bīn-thian-tsuí-ke，面天樹蛙，
體長 2~4.5 公分。台灣特有種，生活在中低海拔山區，體色
會隨環境改變，背部有 X 型咖啡色斑為其特色。模式標本在
面天山採集，故名之。

變面：pìnn-bīn，變臉。
揣：tshuē，尋找。
看覓：khuànn-māi，看一看。

——2014/8/31

無圓滿ê世界

嘛是阮ê世界

感謝所有露水因緣

善變田嬰

愛，是百百款
我和全世界 teh 戀愛
佮你啥底代？

你管我是公 ê，抑是母 ê
號啥名，穿啥物色水 ê 衫
一人一家代，公媽隨人 tshāi

毋是我 gâu 變心
是你根本無心……

啊，忝矣！
Bē 癮佮你諍
恁祖媽罰家己歇 tī 遮
聽水聲，懺悔三生七世
等無情 ê 世界
回心轉意……

註解：

善變田嬰（*Neurothemis taiwanensis*）：Siān-piàn-tshân-enn，
善變蜻蜓，台灣特有種。體長 3.4~4.2 公分。雄蟲暗紅色，
雌蟲體色不定，或紅或黃褐，故名之。普遍生長於河流沼澤
等水域，終年可見。

---

tshāi：立。
gâu：厲害、擅長。
bē 癮：bē-giàn，不爽。
諍：tsènn，爭論。

——2018/11/24

Bē 瘛佮你諍

恁祖媽罰家己歇 tī 遮

聽水聲，懺悔三生七世

鹿角龜

愛，是啥物？
嚙伊 ê 肉，哺伊 ê 骨
欶伊 ê 血……

世間，是無情 ê 戰場
神鬼難辨，善惡交戰
頭，攑一支真理
公義 ê 旗仔
相爭，相諍，相刣
一个虛華 ê 好名

我愛一欉樹仔
是千世萬世 ê 代誌矣
你免僥疑，免憐惜

吱蟬 ê 聲
若 hōo 風吹散
阮就 beh 綴伊去做仙

愛，釘根 tī 塗底
繼續生湠
變做伊 ê 血伊 ê 骨伊 ê 肉
攏還 hōo 天地
相佮做伙

註解：

鹿角龜（*Allomyrina dichotomus*）：Lòk-kak-ku，獨角仙，又稱雙叉犀金龜，雄蟲頭部長有一支兩邊對稱、雙分叉犄角，胸部則有一支分叉小胸角。成蟲酷愛光蠟樹樹汁，每年 5 月到 8 月為其活動期，壽命 1~3 個月。

齧：gè，咬。
哺：pōo，咀嚼。
欶：suh，吸。
諍：tsìnn，爭辯。
憢疑：giâu-gî，懷疑。
綴：tuè，跟隨。
佮：kap，合併。

——2020/6/10

吱蟬 ê 聲

若 hōo 風吹散

阮就 beh 綴伊去做仙

龜殼花

怨妒
趄出一尾蛇
咱 ê 心肝窟仔
哪會遮濟仇恨？

有一款毒
號做，人
目神才振動
全世界
就起饑荒

點一葩火
囂俳，就講 beh
kā 所有 ê 暗暝
照 hōo 光

八字
猶未有一撇

奢颺

就麗 tī 曆日仔頂頭

曲跤，撚喙鬚

伊，毋是毒

是咱，傷生份

Bē 記得

頂世人 ê 家己

我迣過伊 ê 跤跡

燒烙燒烙

一寡仔覺悟

覕入去草埔

開做

一蕊一蕊 ê 花

註解：

龜殼花（*Protobothrops mucrosquamatus*）：Ku-khak-hue，身最長可至 150 公分，黃棕色，其上有大型黑色斑塊，頭呈三角形，有斑紋，台灣原生常見毒蛇。分布平地至海拔 2,000 公尺。

趖：sô，爬。

囂俳：hiau-pai，囂張。

奢颺：tshia-iānn，大排場。

覥：thenn，半躺。

曲跤：khiau-kha，翹腳。

撚：lián，用手指轉動細小東西。

生份：tshenn-hūn，陌生。

迒：hānn，跨越。

覕：bih，躲藏。

---2020/9/18

是咱，傷生份
Bē 記得
頂世人 ê 家己

闊腹草猴

這款屈勢
是 teh 等啥？

山，日子照常過
攏 bē 記得
家己是幾歲？

我目睭
跙落來 kā 伊致意
一寡仔心思，無細膩
煞 hōo 欶去

神魂，小可會疼
才知，我老矣

遐濟日子，過去
我這款屈勢

又 koh 是 teh 等啥？

伊，敢知影……

註解：

闊腹草猴（*Hierodula patellifera*）：Khuah-pak-tsháu-kâu，寬腹
螳螂，體長 5~7 公分，有綠色、褐色等多種型，腹部寬大爲
其特徵。台灣原生種。普遍分布平地至低海拔地區。

跍：khû，蹲。
欱：hap/hop，合掌捕捉。

——2021/6/29

跍落來 kā 伊致意
一寡仔心思,無細膩
煞 hōo 欽去

台語羅馬字拼音方案

(一)

聲母	台羅拼音	注音符號	聲母	台羅拼音	注音符號
	p	ㄅ		kh	ㄎ
	ph	ㄆ		g	
	b			ng	
	m	ㄇ		h	ㄏ
	t	ㄉ		ts	ㄗ
	th	ㄊ		tsh	ㄘ
	n	ㄋ		s	ㄙ
	l	ㄌ		j	
	k	ㄍ			

(二)

韻母	台羅拼音	注音符號			韻化鼻音	
	a	ㄚ	非入聲韻尾	-m	韻化鼻音	-m
	i	ㄧ		-n		
				-ng		-ng
	u	ㄨ	入聲韻尾	-h		
	e	ㄝ		-p		
	oo	ㄛ		-t		
	o	ㄜ		-k		

(三)

調類	陰平	陰上	陰去	陰入
台羅拼音	sann	té	khòo	khuah
例字	衫	短	褲	闊

調類	陽平	（陽上）	陽去	陽入
台羅拼音	lâng		phīnn	tit
例字	人	矮	鼻	直

網路工具書資源：

教育部台灣閩南語常用詞辭典

萌典

台日大辭典

甘字典

iTaigi 愛台語

台文華文線頂辭典

Phah Tâi-gí （輸入法 App）

天生自然

作　　　者　陳胤
內 頁 圖 像　陳胤
責 任 編 輯　鄭清鴻
美 術 編 輯　烏石設計

出　版　者　前衛出版社
　　　　　　地址：104056 台北市中山區農安街 153 號 4 樓之 3
　　　　　　電話：02-25865708│傳真：02-25863758
　　　　　　郵撥帳號：05625551
　　　　　　購書・業務信箱：a4791@ms15.hinet.net
　　　　　　投稿・代理信箱：avanguardbook@gmail.com
　　　　　　官方網站：http://www.avanguard.com.tw
出 版 總 監　林文欽
法 律 顧 問　陽光百合律師事務所
總 經 銷　紅螞蟻圖書有限公司
　　　　　　地址：114066 台北市內湖區舊宗路二段 121 巷 19 號
　　　　　　電話：02-27953656│傳真：02-27954100

出 版 補 助　財團法人國家文化藝術基金會
出 版 日 期　2023 年 10 月初版一刷
定　　　價　320 元

I S B N　978-626-7325-46-9（平裝）
E I S B N　978-626-7325-43-8（PDF）
E I S B N　978-626-7325-44-5（EPUB）

天生自然／陳胤作 .-- 初版 .-- 臺北市：前衛，
2023.010
272 面；18X13 公分
ISBN 978-626-7325-46-9(平裝)
863.51
112014725